走过春天

童知琪 著

浙江工商大学出版社
ZHEJIANG GONGSHANG UNIVERSITY PRESS

图书在版编目(CIP)数据

走过春天 / 童知琪著. — 杭州：浙江工商大学出
版社，2018.4
ISBN 978-7-5178-2613-2

Ⅰ.①走… Ⅱ.①童… Ⅲ.①散文集－中国－当代
Ⅳ.①I267

中国版本图书馆 CIP 数据核字(2018)第 033331 号

走过春天

童知琪 著

责任编辑	王　耀　白小平	
封面设计	林朦朦	
责任印制	包建辉	
出版发行	浙江工商大学出版社	
	(杭州市教工路 198 号　邮政编码 310012)	
	(E-mail:zjgsupress@163.com)	
	(网址:http://www.zjgsupress.com)	
	电话:0571-88904980,88831806(传真)	
排　　版	杭州朝曦图文设计有限公司	
印　　刷	杭州恒力通印务有限公司	
开　　本	787mm×1092mm　1/32	
印　　张	4	
字　　数	30 千	
版 印 次	2018 年 4 月第 1 版　2018 年 4 月第 1 次印刷	
书　　号	ISBN 978-7-5178-2613-2	
定　　价	18.00 元	

序

写给儿子的一封信

那年九月,我将你送进小学的大门后,在校门外站了好久。一位英国母亲的话久久萦绕心头:"上帝啊,我交给你一位天使,你会还我一个什么样的人?"不知不觉,十几年过去了。现在,我很高兴。儿子,你长大了,身高已经超过了爸爸妈妈。爸妈相信,以后你会在各个方面都超过我们。

儿子,谢谢你陪爸妈一起长大!谢谢你在我不舒服的时候给我安慰!也谢谢你一声不吭地忍受妈妈偶尔的咆哮!因为有了你,我才更了解自己的缺点;因为有了你,我的知识才更全面;更因为有了你,我们的家才这么温暖。

儿子,人生的路很长,只要准备好,随时都可以振翅高飞。重要的是要有自己的打算，有主意，有计划，然后坚持不懈地朝前走，天道酬勤，总有一天会达到你的目标。

儿子，爸爸妈妈希望你能有担当，做事情认真负责。妈妈年轻的时候总以为有些事不想做，绕过去就行了。后来才发现转了一个圈，自己又重新回到起点，该解决的问题仍然拦在那儿，还得从头攻克它。其实这世上从来没有什么困难能躲开，遇到了就认真解决它吧!

儿子，少说，多听，多看，多想。不要让小事

塞住自己的头脑,更不要因为鸡毛蒜皮的小事撒

下恨的种子。仇和恨从来不会结出什么好果子。

所谓景语即心语,你用什么样的眼光看世界,你

就会有一个什么样的世界。其实,这个世界能让

我们爱的事物很多,老师、同学,甚至花花草草都

值得我们热爱。

儿子,对自己要有一股狠劲儿。遇到事情的

时候要敢于闯一闯,不要老停留在准备阶段。

这些年,我们的交流一直很顺畅。不管你年

龄多大,走得多远,爸妈都永远是你值得信赖的

朋友,有问题就和我们商量,好吗?

妈妈

2018 年 3 月 15 日

走 过
春 天

目录

CONTENTS

我已长大

放飞梦想

壹

童心童话

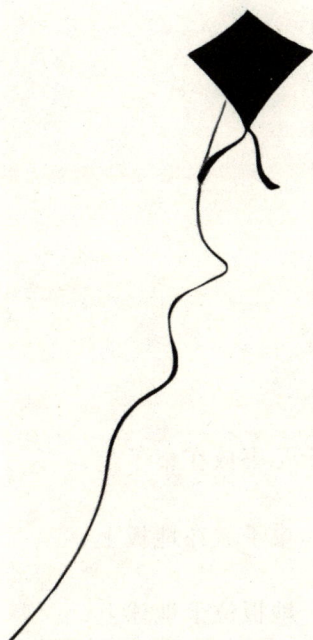

月亮 地球在哪

地球在哪

我的童话书放在桌子上，

桌子放在地板上，

地板位于地球上，

地球放在何处？

嗯，放在操场高高的篮球筐里。

我的童话书放在桌子上，
桌子放在地板上，
地板位于地球上，
地球放在哪上？
嗯,放在操场高高的篮球架里。

月　亮

月亮啊，

你怎么爬那么高呀，

都到了树的梢头。

要是摔下来，

可很疼哦！

乖，

快下来！

贰

三味书屋

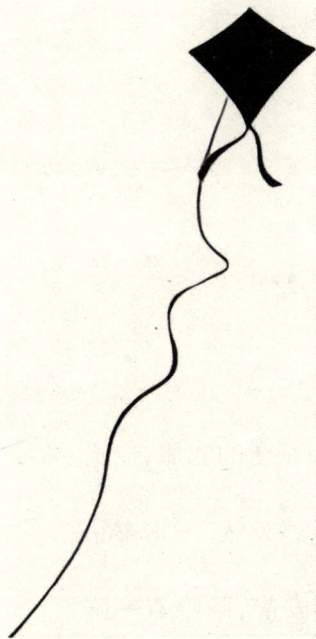

那时那事

生命，苦耶？乐耶？

同桌

我

残的小岛

那时那事

　　小学时的书和作业本像叫花子的衣服,岂止一个乱字了得,该整理一下了。突然,一本书呈现在我眼前,我烦躁的心立刻安静,隐隐有一阵笑声伴着灰尘迎面扑来。那是我三年级离开宁波时,同学送的。我缓缓地打开第一页,上面郑重地写了几个字:"我们永远是朋友。"

那时,我和父母住在宁波大学教工宿舍,附近就是我们就读的小学,四周被农田包围着。朋友都是同学,不多,但每个周末都在一起玩。

有一次,我们约好一起到村中的池塘里钓龙虾。我们像一群叽叽喳喳的麻雀,一路小跑到了池塘边,先把带来的小桶装满水,然后在路边满地的树枝里找了一根稍长的,系上细线,再在细线的末端紧紧地绑住钓饵,这样一根钓竿就大功告成了。最小的唐比什么都不会,可怜巴巴地一会儿求这个,一会儿求那个,像个甩不掉的尾巴。

好在高代耐心地教他。其实,我也不知怎么钓龙

虾,提起钓竿看看,没有,过一会儿又提起看看,

还是没有,我干脆把钓竿放在一边,自己找钓饵

去了。徐胜告诉我:"你应该等着,有动静了就提

这根竿子。"他的妈妈在宁波大学边上开小吃店,

我们俩关系最好。

　　于是我双眼紧盯着水面,就等钓线抖动的那

一刻。果然,一会儿细线就快速地抖动了一下,

我手忙脚乱地提起来,真有一只红红的龙虾。其

实不用忙乱，一直到我抓住它的时候，它还紧紧地咬着钓饵不放呢！这个贪婪又愚蠢的家伙。

唐比不务正业地跑来跑去，李立则围着钓竿团团转，口中还念念有词："龙虾龙虾快上钩！"那次我们收获了一桶龙虾，我的朋友们都很快乐，我也更高兴了。

一转眼，几年过去了，我不再是小学生。现在试卷像雪花一样飞来，厚厚的练习本一本又一本地塞进书包。朋友们，我想念那段时光，更想念你们。

生命，苦耶？ 乐耶？

生命是一颗种子。

它从土层里艰难地钻出，睁开惺忪的睡眼。

它在大树庇护下茁壮地成长。但，它毕竟是

一棵小树，风来了，必须由大树为它挡着；雨雪

中，是大树在上头扛着；烈日下，有大树洒下的阴

凉。日子一天天过去，它的脉络、它的枝干也一天天地舒展。终于有一天，大树成了老树，小树成了大树，它开始扛起自己的一片天。

大风大雨到来了，它开始静静地思索。它回想起从前的日子，在与这相同的天气里，有为它遮挡风雨的老树。

"确实是这样，然而又不能这样想。"

它不可能永远只受保护。像现在这样，需要自己去承担一切。是的，它必须懂得承担。它要自己去开拓，它的根部，要靠自己去舒展。有时它遇到的是湿软的泥土,这时它可以自由畅快地前行;但大多数时候它会碰到一些坚硬的东西,或是石块,或是干土。它不能放弃前行,它知道,停止生长对于它来说意味着什么。它发现,自己每顶开一块石头或硬土,都会有一小阵的欢欣。它爱上了这历程。

它前行了——带着歌声与欢笑前行。在这条路上,它无疑是十分辛苦的,但它不觉得,它很快乐。

"愿你生命中有够多的云翳,来造就一个美

丽的黄昏。"

也许,那最多彩的种子,正是经历过最多的

云翳,却微笑着迎接最美黄昏的一个。

同　桌

　　我到杭州的第一位同桌叫张伟,大概是同学

们都不愿与他同桌吧,我们倒是很好的组合。

　　数学课上的太久了,我的肚子都咕咕叫了,

放学回家外婆做的是丝瓜汤还是西红柿汤呢?

我正神游天外,突然听见老师大吼一声:"张伟!"

吓得我一哆嗦,回神一看旁边的张伟,他用橡皮做炮台,一支铅笔做大炮,正在疯狂扫射呢!射谁呢?一定不是我,我想,他射的该不是数学老师吧?

接下来是自习课,我得做点作业了,刚写了几个字,只听到"呜呜"的声音,原来张伟栋用铅笔和三角板搭了架飞机,正从我头上起飞呢。

虽说上课开小差是常事,但张伟从来不倚仗他的高大身材欺负别人,他只是自得其乐地沉浸在自己的想象空间里,驾飞机,开大炮,无所不

能。李晓华的饭卡掉了,张伟二话不说就拿出自

己的,这样的人我看行,管他成绩好还是成绩

差呢!

张伟从来不倚仗他的高大身材欺负别人。他只是自得其乐地沉浸在自己的想象空间里，扔飞机、开大炮，无所不能。

我

我从一个小小的受精卵长成一个八点三斤重的婴儿,从妈妈的肚子里钻出来。那时候我是个肉嘟嘟的小东西,医生说我好重,还说我哭声太大。后来我知道了,我睁开眼后的一声声啼哭,吵醒了无数正在酣睡的同样肉嘟嘟的小东

西,引起了整个产房此起彼伏的哭声,吵得医院

鸡犬不宁。

刚出生就惹出麻烦,这好像是一种预兆。

三岁以前的事我几乎没什么印象,五岁左右

的事我只记得零星的几件。七岁,我的童年记忆

就此开始。

七岁半的时候,我去一个乡下亲戚家玩。看

到我满面尘烟、灰头土脸地从小土房里跑出来,

他们发现我在玩火。

八岁时的冬天,我和一个比我大一岁的哥哥

玩橡皮泥。我把那些不同颜色的橡皮泥混在一起,拼成一个个可爱的小动物。可是哥哥不喜欢,说我弄乱了他的橡皮泥。

还有一些有趣的糗事。

刚上小学的时候吧,有一次,我去舅舅家玩,那时候家用电器对普遍老百姓来说就是高科技,谁家里添了一台空调都要请客。我跑到房间看空调,小姨夫想吓唬我,骗我说空调里有老虎。我吓得直往后退,大哭起来,慌着跑了出去。别说空调,连那个房间我都不敢再进了。尽管后来

知道了自己是被大人故意吓唬的,但这个经历依

然是我心中的一个阴影……

　　现在,我还是那么蠢笨,还是会做出一些糗

事。做事马虎似乎是我与生俱来的特性,头脑简

单好像是不可否认的事实;我吃饭时像上顿没吃

一样;大脑短路的样子让人哭笑不得,高兴起来

又笑得像个傻瓜。爱幻想,总会向往一些美好的

事物,对一切陌生的东西都会刨根问底,拥有一

颗好奇宝宝的心。有时会冷静下来故作成熟,但

大多数时候都会暴露本性,不经意间表现出自己

幼稚的一面。有时候会很淡定,有时候又会十分

激动。总结起来,我还是一个不够成熟的少年。

但不管怎样,这世上只会有一个"我"。

做事马虎似乎是我与生俱来的特性,头脑简单好像是不可否认的事实;我吃饭时像上顿没吃一样;大脑短路的样子让人哭笑不得,高兴起来又笑得像个傻瓜。爱幻想,总会向往一些美好的事物,对一切陌生的东西都会刨根问底,拥有一颗好奇宝宝的心。

我的小岛

　　小时候,我的家在宁波大学教工宿舍里。我最常去玩的地方是教师活动中心后面的小岛。

　　小岛极小,还不及一个篮球场大,它和教师活动中心由一座拱桥连着,桥两边的栏杆是我休息的地方,也是阿婆和别人聊天的地方。老太太们正说得兴高采烈,突然,轰!一个小孩掉进水里了,大家手忙脚乱地去捞。因为水浅,就是衣服湿了而已,落水者湿漉漉地回家,我们照样玩,小岛仍是乐园。

小岛是圆形的,中间有一条蜿蜒的小路,路面是用各种颜色的大理石块铺的,有褐色的、白色的、黑色的,还有紫红色的。人还没到,远远地就看到五颜六色的石头了。其他地方都是翠绿的小草,这里有三个椭圆叶片的小草开白花,小兔子很爱吃,养小兔的马若天天来扯那些白花。

小路右边的草地上有一座很高的石头假山，比两个大人还高，李立可以爬到最顶上，然后趾高气扬地东张西望。我不敢爬，阿婆和妈妈都不让。

四周靠水的地方有几张石头椅子零星地放着，可以坐在上面钓鱼。有一次，李立的爷爷居然钓到了一条黄鳝。

有一天，我还没到小岛就听见那里乱哄哄的，三步并作两步，走近一看，原来一只皮球掉到水里了，大人小孩一起热热闹闹地打捞。呵呵！捞一只球怎么比捞人还热闹啊?!

叁

我已长大

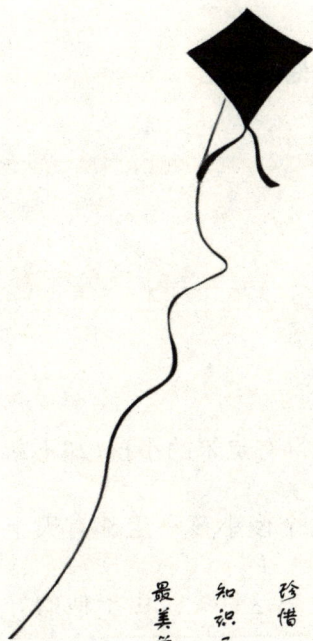

《阿甘正传》观后感

拉琴老人

骊歌

切磋

再试一次

珍惜

知识无价

最美学生

《阿甘正传》观后感

阿甘本是一个平凡得有点笨的小孩,却不断地取得成功。为什么这个傻小孩一生都有天上掉馅饼的"狗屎运"?我想这首先是由于他的好品质。

阿甘参军的时候遇到黑人布巴,他们结下了

深厚的友谊,并约定打完仗后一起买一条捕虾船。但布巴不幸在战场上牺牲。阿甘信守诺言,在退役后掏出自己的全部积蓄去买了一条捕虾船,挣到钱后还分了一笔给布巴的家人,使布巴的家人过得十分舒服。

阿甘在打仗期间还遇到了丹中尉。丹中尉是一个很尽职的人,但因打仗失去双腿,他的将军梦成了泡影。在丹中尉悲观失望的时候,阿甘帮助他振作。此后,丹中尉又帮了阿甘的大忙。

电影以夸张的方式讲述了诚信的回报。其

实,在中国也有不少这样的例子。三国时期,曹

操带大军讨伐刘备。诸葛亮建议刘备杀刘表得

荆州作为根据地与曹操抗衡,但刘备认为有诺言

在先,这样干不好。他守诺爱民,结果声名大噪。

赤壁之战后,周瑜花了一年的工夫,付出惨重代

价拿下南郡。但刘表的部下把刘备当成了靠山,

刘备因而理直气壮地"借"了荆州。

　　当今社会更是如此。媒体上经常曝光某某

公司因作假而倒闭,与此同时,我们也常听到有

些公司以诚信为原则做生意,不断把公司做大。

除了好品质，一心一意地坚持是阿甘的另一法宝。一旦有目标，阿甘做事就坚持到底。因为一心一意，他组装枪支的速度打破纪录；因为专心，他在养伤期间学会了打乒乓球，并代表美国访问中国；因为心无旁骛，他成了众多跑步者的领袖。只要有目标，阿甘就下大决心去干一件事。在暴风雨天，只有阿甘和丹中尉坚持去捕虾。结果只有他们的船躲过飓风的袭击，接下来，他们的捕虾生意蒸蒸日上，加上丹中尉的才能，他们都变成了百万富翁。

现实生活中也有人刚开始做事的时候屡屡
受挫,但始终不放弃,最终通过努力获得成功。
马云就是如此。他创办的阿里巴巴起先无人愿
意投资,但 2003 年互联网的普及最终使他成了
一个成功人士。

我们做事也要坚持,因为有些事情不能很快
见效。老师常说,知识积累到一定的高度才会学
有所成,但经常有同学等得不耐烦,在没看到进
步之前就放弃。再坚持一会儿,你也许就能像阿
甘一样获得成功。

我们做事也要坚持，因为有些事情不能很快见效。老师常说，知识积累到一定的高度才会学有所成，但经常有同学学得不耐烦，在没看到进步之前就放弃。再坚持一会儿，你也许就能像阿甘一样获得成功。

拉琴老人

穿过大道,就是西湖了,路上车来车往,匆匆

忙忙好像永远停不下来一样。我左顾右盼,终于

发现了一条地下过道,这似乎是一个既便捷又安

全的选择。我一拍脑袋,得,就走这条路。

刚走下通道几步,就听到有琴声飘来,似乎

悲悲切切,又似乎颤颤悠悠,走近一看,是一位老人坐在地上拉琴。他的手像枯树一样,皮肤有些发黄,粗糙开裂。他低着脑袋,只能看见他的一头乱糟糟的、没有光泽的头发,衣服像几年没洗过一样。他慢悠悠地拉着的那把二胡也有些年头了。

我看了看他身边的小铁盒子,里面有一些一角、五角和一元的硬币。地下通道里的人不多,但都行色匆匆。每个人都在赶往自己的目的地,他们都和这个饱经风霜的老人毫无关系。而老

人就像空气一样不会进入他们的眼帘。是的,拉

琴老人就像这过道中的一块石头。

　　我朝四周看看,过道不长,只有中间的一盏

路灯,周围有点昏暗,给人一种灰扑扑的感觉。

尽管有许多人会说他是骗子,可我还是觉得自己

的嗓子一阵一阵地发紧。我们的几角、几元能帮

得了他吗?

　　他为什么在这儿拉琴? 他的家在哪里? 他

有孩子吗? 他的孩子看到他在这儿拉琴会怎么

想? 天冷了,他是否能安好度过?

他的手像枯树一样，皮肤
有些发黄，粗糙开裂。他低着
脑袋，只能看见他的一头乱糟
糟的、没有光泽的头发，衣服像
几年没洗过一样。他慢悠悠
地拉着的那把二胡也有些年
头了。

骊　歌

轻轻的我来了，

像一只小鸟飞进茂密的森林，

在高高的树杈间做了个小窝，

我开始做梦，

蓝色的雨，绿色的雪，

和黑色的精灵。

得到的从来没有预料过，

失去的从来没有想到过，

轻轻地我又走了，

像一阵微风，

拂过校园的屋顶。

切　藕

　　放学回家一进门，就听见"嚓嚓嚓"的声音，跑进厨房一看，是妈妈在切藕。

　　妈妈虽然不是厨艺高手，切菜的样子却有板有眼。只见她先将藕切成一片一片的，然后像梯田一样放成一溜儿，右手提刀，左手轻轻按在藕堆上，"嚓嚓嚓"的声音均匀而清脆。看着妈妈一副轻松自如的样子，我的心里痒痒的，终于忍不住说："妈妈，我来试试！"妈妈有点不放心，犹豫了一下，"这刀很锋利，你可要注意点。"她说完，将手里的刀交给我。

拿在妈妈手里看起来轻飘飘的刀其实还是有点分量的，不知道庖丁解牛时拿的那把刀重不重？先切片！我也学妈妈的样儿，右手拿刀，左手放藕上，一刀下去，没想道藕居然这么硬，不但没切中，反而在我的刀下滚了一下。我哆哆嗦嗦

地又切一下,稀里糊涂的,刀落到手上,血立刻涌

出来。

　　第一次切菜以负伤流血告终。不过以血的

代价终于得到两点启示:其一,哆哆嗦嗦一定做

不好事;其二,庖丁解牛绝非一日之功。

第一次切菜以负伤流血告终。不过以血的代价终于得到两点启示：其一，哆哆嗦嗦一定做不好事；其二，庖丁解牛绝非一日之功。

再试一次

再试一次，也许有意想不到的结果。

老师要我们做一个小孔成像仪。看过制作

过程，我信心满满，不就是两个圆筒套在一起，前

面挖个洞嘛，小菜一碟。

我找到了一个薯片筒，在筒底画了个圈，很

快就挖了一个洞,一切顺利。然后,我又找来一张纸,把它卷成半径和薯片筒大小相近的筒,小心翼翼地用双面胶粘牢,最后一步,将纸筒套入薯片筒。这时我才发现,无论如何都套不进去。

这点小问题可难不倒我。我又拿了一张纸,小心翼翼地卷了个小一点的纸筒。但是我发现形势不容乐观:当我试图将底面封好的纸筒套进薯片筒时,里面的纸筒根本就不成形。经过两次的失败,我已经满头大汗了。

没关系,不到长城非好汉!我干脆拿了两张

纸,卷起一张,另一张就直接卷在外面,这样的东
西如果用胶带封底,我不知道会成什么样子。

　　我懊恼地倒在沙发上。原来这个小孔成像
的镜筒这么难做啊!

　　这时,爸爸来了,他看着我桌上堆满了剪碎
的纸片和不成形的镜筒,立刻就明白了是怎么
回事。他笑了笑,说:"做成一件事的确不容易,
困难是不可避免的,你再仔细想想,可能会有更
好的办法。"

　　我爬起来,看看不成形的镜筒,心想:能不能

用硬卡纸代替纸呢？真是豁然开朗啊，我的小孔

成像仪很快就做好了。

有很多时候，失败了，我们也就放弃了。但

如果再试一次，也许就柳暗花明了。

珍　惜

　　时光流逝,岁月的长河边,我正捡拾着一颗

颗的珍珠。

　　总觉得年少的自己就像个富翁,有着成群的

朋友、成套的玩具。那时候的我很听话,从来不

懂什么叫反驳。那时候一切都是轻松的,支出不

算多，收入不算少，父母的工作压力没有现在大。那时候六十平米的房子好大，大到我有一辈子翻不完的秘密。那时候，父母也几乎把全部精力都放在我身上，亲人们总把目光都聚在我们小孩子这里，把所有的关注和疼爱，都倾注在我们身上。我不需要懂得挽留，因为我这里有太多太多的肆无忌惮，太多太多的关注和疼爱，太多太多的新鲜事物和太多太多的时间。

然后呢，我们长大了。再然后，我们开始学着珍惜。

父母的工作压力越来越大,我的课余时间越来越少。亲人们把更多的注意力放在比我们小、比我们更需要疼爱的孩子身上。家里的每个角落都已被我翻遍。还有我的那群挚友,现在,不久的将来,你们身在何方?

我开始珍惜,和亲人谈笑的机会,与挚友碰面的机会,与新事物接触的机会;我开始珍惜,珍惜别人对自己的关注;我开始珍惜,不让时间在嘴角、指尖、镜子前悄悄溜走;我开始珍惜,与父母相谈的每一分每一秒,珍惜他们关心我的柔声

细语,珍惜他们伴着我笑、陪着我玩以及和着我

的歌声一起度过的时光。

我会珍惜自己的时间和精力,去奋斗。

我会珍惜自己的探索和体会,去感受。

我会珍惜自己的友情和亲情,去付出。

我会珍惜自己的童心与真实。

我会珍惜自己的笑与泪。

我会珍惜身边每一个真诚待我的人。

知识无价

　　知识就是财富,这是一个毋庸置疑的话题。

七世纪阿拉伯国王麦蒙规定,一本书的报酬是与

之等重的黄金;而比尔盖茨拥有的知识让他成为

世界首富,Facebook 创始人拥有的知识让他成

为亿万富翁。事实上,在我们的周围就有很多人

让知识变成专利,而专利就像一棵摇钱树,时时刻刻都在创造财富。

其实,知识不仅能创造财富,知识更是无价之宝。屠呦呦发现的青蒿素拯救了无数非洲人的生命。盘尼西林的发明者更是用他的知识改善了全世界人的健康状况。大夫利用自己的知识救活一个个濒临死亡的病人的例子更是举不胜举。

知识无价关键是知识要用在正确的地方。媒体报道,现在有很多大学生毕业之后找不到工作,成了"家里蹲",这是对知识的极大浪费。更有甚者利用自己的知识去制造毒品,危害人类。这样的知识岂止"无价",简直是有害。

知识无价还在于它的不断更新。以前的手机大户诺基亚,由于没有知识创新,一年不如一年,到现在市场上难觅其踪迹。相反,华为手机经过几年的知识创新和积累,迅速地占领了国内、国际市场。举个例子,我们家就有两部华为手机。

可见,只有将知识用在正确的地方,并不断更新完善,才能成为真正的无价之宝。

最美学生

　　我经常听到一句话：世界上并不缺少美，而是缺少发现美的眼睛。虽然我经常抱怨环境太丑恶，但是仔细回想，这个世界上还是有很多美的人和事。

　　信息课我听起来总觉得很困难，可能是我在

家里很少用电脑吧。我经常听完一个完整的操作过程后，发现做到一半就遗忘了。那天信息课上老师讲完后，我们开始操作，可没几步我又卡壳了，能完整操作的实在是太少了。我查看了目前的得分，发现总共就没得几分。

于是，我心里焦急起来。我胡乱地拨动着鼠标，脚也不停地乱动，想把自己脑袋里的焦虑赶走。但焦虑不但没有减少反而增多了。转头一看，我发现同学们都在专心致志地盯着电脑屏幕，一步一步不紧不慢地操作着，我心中暗想：

"谁能救一救我啊!"转念一想,谁都没空救我,唯有自救,于是咬牙切齿地操作着电脑,就像一辆困在沙地里的汽车,虽将油门踩到最大也只能艰难地向前爬一点路。

就在这个时候,老师说:"快下课了,大家抓紧点。"听到这话,我的脑袋里轰的一下,感觉全完了。我懊恼地呆坐在电脑前,觉得自己百无一用。

忽然,后面有一位同学向我打招呼,问我有什么情况。他看我一副无可奈何的面孔,立刻明白了我的窘境,马上决定帮助我。他看我完成一半的步骤后,尽自己所能地教我把下面的步骤做下去,我呢,则凭借我的记忆教他把未完成的部分继续下去。令人惊讶的是我们竟然能优势互补,我们顿时都有了信心。到后来,我发现已经下课了,便建议把作业就这样交上去,但他坚持要教我做完。

现在想起这件事,我心里不仅有对他帮助的感激,还有一些愧疚,因为那天耽搁了他的英语听写。

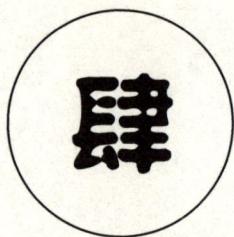

肆

放飞梦想

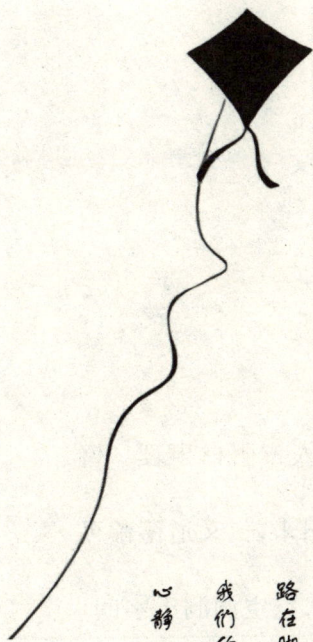

「知行合一」调修养

阿婆

背影

粉笔

老传统

路在脚下

我们的距离

心静 修养 自觉

"知行合一"谓修养

上至圣人,下至稚童,众人皆明白事理。譬

如随意从我等学生中寻一个出来,仁义道德都可

写一篇文章,洋洋洒洒于纸上,空空洞洞于字间。

人人明白事理,懂得各种道理便算素质较高,但

是只有脚踏实地知行合一地去践行的人才算有

修养。

南宋以朱子理学为杆,竖起了一面"伦理道德"的旗帜。旗帜之下多少士子沉浸在"万般皆下品,唯有读书高"的春秋大梦之中。王阳明也不例外,笃信宋明理学的"格物致知"学说,面对自家书院后山的竹不眠不休地"格"了七天。一无所获的他才明白"理"并非自言论出,而应当切实履行,方能将知行合一化为自身修养。

当今时代不缺圣人言论,不缺心灵鸡汤,更不缺张口修养闭口道德之士。有多少人道貌岸然而一肚子蝇营狗苟,又有多少人口中日月星河而心中尘土草芥。在大多数人用口中言语编织成的"修养之网"中还剩几人可以用真实的自我修养挣脱桎梏,达到无愧于己无愧于人的境界呢?

古代已有黄宗羲、顾炎武、王夫之等一批有识之士喊出了知行合一、经世致用的口号,试图挽当时之颓势以救国,这种信念与"言必行,行必果"的精神结合起来,便形成了"凡事均需切实做"的思想理念。这是从古流传下来的精神,更

是当今人们所急需寻找的精神信仰。而明白"知

行合一"便可将此种理念内化为个人固有的品

质,即修养。

高喊努力学习却又不付诸行动的学生,深知

不应偷工减料而又"安之若素"的商家,熟谙公共

礼仪而又随波逐流的大众,他们所缺失的正是自

我约束、自我反省的修养。"明明知道是错的,明

白道理却不做"才是阻碍一个人成长发展的罪魁

祸首,才是阻碍一个国家崛起壮大的祸水。倘若

真正明白了"方知'知'与'行'应当合一"的真谛

后,才可拥有真正的自我气质,砥砺自我方可由玉石打磨成温润的玉璧。

勿谈"满口荒唐言",请做"赴笈登山人",口若悬河终成空,脚踏实地方知践行不轻松。

当人们终于明白"知行"之时,自我修养便可养成,那时无论是圣人还是稚童,所明白的事理,便已全然不相同。

高喊努力学习却又不付诸行动的学生，深知不应偷工减料而又"安之若素"的商家，熟谙公共礼仪而又随波逐流的公众，他们所缺失的正是自我约束、自我反省的修养。

阿　婆

　　我基本是在外婆家长大的。外婆家在农村，

她虽只读过两年书，但挺喜欢咬文嚼字的。她不

喜欢外婆的"外"字，说是像外面的婆婆一样而不

是一家人，心有灵犀的妈妈立刻让我改口叫阿

婆。于是我就阿婆阿婆地一直叫到了现在，其实

是老人家重男轻女,总觉得奶奶比外婆亲。

那时我三四岁,阿婆带着我和一群孩子一起玩。妈妈去学校,正好骑自行车路过,叫了一声我的名字,嗖的一声就过去了。不行,我得去找妈妈!阿婆拉住我,死活不让,我放声大哭,然后又在地上打了几个滚儿,阿婆还是不让。晚上,妈妈回家后,阿婆将她一顿痛骂:"自己不带我娃玩,还要在他面前显一下,害得我娃哭了半天,你是个什么妈妈?"

我上小学一年级的时候是由阿婆一人照管

的,只上了两年学的阿婆和我一起写字,一边写还一边唠叨:"怎么这么没用?连这么简单的字都不会了。"对我很是严格,不做完作业是不让吃晚饭的。所以我非常盼望爸爸妈妈放假回家,让他们来看管我。不过也有很快乐的时光,比如阿婆带我和我的小伙伴们挖荠菜。

我们一群大大小小四个孩子,跟在阿婆后面浩浩荡荡地走在家附近的田野里,初春的泥土湿湿的又软软的,踩上去还有弹性。我们一群孩子叽叽喳喳地,这边说"我找到一棵",那边叫"我这也有一棵",忙得阿婆鉴别完了这棵,又赶到那边辨认那棵,结果一棵都不是。唉！都是捣蛋的啊！傍晚回家的时候,小篮子里居然有好几把荠菜了,我一下子踌躇起来,怎么分配这劳动果实呢？如果是阿婆全拿回家的话倒可以炒一碗。临了,阿婆说:"来,一人一把！"我打心底里佩服我的阿婆:一个只读了两年书的农村老太太是怎么知道天下不患贫而患不均的道理的？

阿婆每年都像候鸟一样,只要妈妈一放寒暑

假,阿婆立刻飞回自己乡下的家里。妈妈对此略

有微词,但阿婆全然不顾,那才是她的家呢!

　　阿婆每年都像候乌一样，只要妈妈一放寒暑假，立刻飞回自己乡下的家里。妈妈对此略有微词，但阿婆全然不顾，那才是她的家呢！

背　影

秋风如巫婆的外套在校园飘荡，我瑟缩地走

在操场上。忽然，一个背影进入我的眼帘，如此

强壮，如此自信，如此熟悉。我加快脚步赶上去，

却看见了一个陌生人诧异的目光。我假装什么

也没发生，继续前行。但心头的疑问却像秋叶般

飘落:我的朋友,你在哪里?

　　那个背影太像我初中的朋友贾祖豫了。中考像一块沉重的石头,压在每个人的心头。尤其是中考前的体育课沉闷而压抑,持续的阴雨天更是雪上加霜,一向严肃的体育老师也更显得威严无比。"贾祖豫!"老师点名让他扔实心球。只见贾祖豫笑笑,愉快地走到场地中间,抄起一个实心球,"呼"地扔过去,如此干净利落。同学们"哗"的一声大笑起来。这笑声像一阵清风吹走了中考的阴霾,连一向严肃的体育老师也禁不住微笑着说:"适当笑笑也是有助于提高效率的"。

贾祖豫总能给我以温暖。有一次,我不小心将一个同学的水杯碰倒了,水泼了一地,我赶紧道歉,但这有什么用? 因为我惹的是一个爱打架的狠主。贾祖豫马上走过来把我推到一边,对爱打架的狠主说:"你不要打人,你打人我也受不了。"我感觉一下从寒风中回到自己家里,家里人会给我生好火让我烤。

贾祖豫,正如其名,他是河南人,父母是来杭州打工的。有一天,班主任宣布他要走了。我有些惊讶,但更多的是失落。也难,上学期已经陆陆续续地有了一些征兆,现在终于轮到了。那天,有说有笑的他一直一言不发。他那个嬉皮笑脸的同桌也一脸难受,说:"你走之前也要让我们有一个心理准备啊,不要让我们觉得突然少了一个伙伴,这样子也不适应嘛。你看看人家童知琪(我)也不舍得。"

就这样,贾祖豫离开了我们班。令人悲哀的是,因为忙于中考,我无暇顾及他,等到考完以后,想要联系更是杳无音信。每次想起他都满怀

愧疚,因为自己的无能为力,也因为没有及时联

系他。

　　亲爱的朋友,你在哪里? 你像蝴蝶一样飞

来,又像清风一样飘去。你现在是否一切都好?

亲爱的朋友，

你在哪里？

你像蝴蝶一样飞来，

又像清风一样飘去。

你现在是否一切都好？

粉　笔

　　初中老师于小燕走出校长办公室后停了一下,抬头看了看天空。云很厚,没有一丝风,老天大概又在酝酿一场雨了。

　　校长的话像石头一样压在她心里:"都是二十年的老教师了,怎么能做年级第二名呢? 难道还不如刚来几年的小年轻?"是啊!孩子们的成绩怎么就上不去呢?她不由自主地朝操场瞟了一眼,一个瘦高的男生正在双脚腾空投着篮球,不用说一定是她班里的曹宁,这小子每天上课十分钟后才大汗淋漓地从操场赶到教室。

老是这样可不行啊!稳一稳!得稳一稳!要上课了,铃声准时而起。她三步并作两步冲到教室:"同学们,老师今天挨校长批评了,因为我们班这次统一测试只得了第二名。从今天开始,作业必须准时上交,作业量可能也要提高!"

"唉!"台下是一片拖长尾巴的叹息声。

"报告"——门外响起了曹宁的声音。于老师看了一眼,一股怒火从脚底一直蹿到了头顶,但刚张开嘴又平息了,"进来!"她平静地说。

上课开始了,于小燕老师从分析昨天的作业开始,自信从她的心里一点点升起,难道还有人讲得比她更透彻、更生动吗?她清了清嗓子,说:"接下来的这道题出现了很多不同的回答,请赵蕊蕊同学上黑板写一下你的答案。"

赵蕊蕊慢腾腾地从座位上站起来,在黑板前

犹豫了片刻,小心地用餐巾纸裹着一支粉笔在黑板上写了起来。

　　于小燕老师仔细看了看自己粘满粉笔灰的手,叹惜道:"我到底是粉笔,还是粉笔灰呢?"

老 传 统

　　刚印刷出来的书本总带着一股淡淡的墨香，干净的纸张上也残留着些许温暖，这是一部厚书，装订精美，但也会随时间老去，书页泛黄，书角也皱起。家中长辈的一生好像是这部旧书，重新打开，也有质朴的香气。

　　"节约"二字似乎是他们坚守的原则,是整部书的精华。小时候的我不能理解,掉到地上的米粒为什么还要捡起来吃,房间昏暗的时候为什么不能多点一盏灯。每当我问起,他们便说:"老传统,老传统啦。"他们很少在家里提起他们的童年,好像那部分篇章已被人撕走了似的。

　　十六七岁的我,想要重新翻开这部泛黄的书,我小心翼翼地问爷爷奶奶,他们小时候最喜欢干什么。奶奶突然停下了手里的活,黯淡的眼神里好像注入了一束光,风悄悄地吹动她那少得可怜的头发,但只几秒之后,那光便消失了,她摇摇头,说了句"放牛啊种菜啊",又接着干活去了。奶奶没念过一天书,也不认识几个字,在她走过的这段漫长岁月里,在她人生的厚书里,应该全是几笔简单的线条,构成一幅幅朴素而温暖的图画吧?

长辈们有时候也遭到晚辈们的责怪,他们给孩子盛饭,总是满满的一大碗,吃饭时还不停地给你夹红烧肉、糖醋鱼。我为此时常抱怨他们,我吃不下,不想吃,就把碗推到一旁,赌气不吃了。他们就又笑着说:"老传统,老传统啦。穷怕啦,饿怕啦。"

从小在城市里长大的孩子,也许从来都没有体会过"饿"的感受吧。长大后在历史书上学到,他们经历过战争、经历过苦难,但最终刻在他们心里的,还是那段穷苦的日子吧。

人总是在向前走的,人生的书也在不断地变厚,岁月在长辈的额头上留下了痕迹,在他们的心中留下了回忆。现在我再也不去追问他们小时候的事了,也不会再赌气不吃饭了,因为,那是他们的"传统",是他们走过的路。他们还会捡起地上脏了的米粒,但偶尔也会将它们扔进垃圾桶里;他们还会给子女们盛饭,只是会提前问一问"要吃多少";他们嘴里仍念叨着"老传统",只是想到现在的日子,嘴角总能扬起灿烂的笑。

重读这部泛黄的书,仍能感受到那质朴的香气。它陪伴着我,走好人生的路。

他们还会捡起地上脏了的米粒，但偶尔也会将它们扔进垃圾桶里；他们还会给子女们盛饭，只是会提前问一问……；他们嘴里仍念叨着"老传统"，只是想到现在的日子，嘴角总能扬起灿烂的笑。

路在脚下

你还以为走路是很简单的事呢,只不过是不停
地将一只脚放到另一只脚前面,还有吃饭、学习、
爱……这些看起来很简单的事,其实都可以很难。

你刚来到这个世界,周围陌生的一切使你感
到迷茫,你不知道该做些什么,只好拼命扯着嗓

子哭喊，他们听见了你的第一声啼哭，竟也激动得落泪。他们离你最近，你好奇地望着他们，眼睛一眨一眨。

他们带你熟悉这个世界，教你懂得适者生存。他们教你走路，你望着眼前，身旁没有了踏实的怀抱，你又迷茫了，不知道该做些什么，你呆呆地坐在那里，等待他们将你抱起。

他们教你把一只脚放到另一只脚前面，再把另一只脚放到那只脚前面，你还以为这是很简单的事呢，但第一步，你都不敢迈。他们就在你的不远处,等着你向他们走去。你又低头望了望眼前的路,看了看自己的双脚,小心翼翼地将一只脚放到另一只脚前面去。

你摔倒了很多次,娇嫩的皮肤上出现了一道道伤口,他们离你很近,但他们只是望着你,等你自己站起来,继续走路。终于,你能自己走一小段路了,他们朝你奔来,仔细地查看你的伤口,眼里充满的是欣慰与心疼。

他们一直在你身边,像脚下的路。有时你也觉得厌烦,想要趁早挣脱他们的怀抱。你们开始争吵,你气得直跺脚,仿佛要把脚下的路踩遍。

他们一天天老去,你渐渐熟悉了这个世界,有了

自己的生活圈,而离你最近的他们,被你拒之门

外。你没有看见他们眼里的星光一点点消失了,

你也没有看见他们离你越来越远了。

　　后来,你要走了,离开这片土地,去追寻你想

要的自由。他们很想跟你说些什么,但最后只是

不停地念叨"注意安全""注意安全"。他们带你

来到这个世界,教会你走路,奔跑,学会用你的双

脚,你却没有走到他们身边,你选择去你向往的

蓝天自由飞翔。

在他乡的土地上,偶尔也会想起他们给你的爱,踏实温暖,用脚踩也踩不烂的爱。他们陪着你路过阴雨艳阳,路过泥泞风尘,一路走来,他们就在你身边,像微风,像大地。

龙应台在她的文章中说,孩子的背影只是想默默告诉你,不必追。也许世间只有父母的爱指向别离,但他们能像大地一样,像小时候教你走路一样离你最近,却不打扰,安静地陪你走过一段路,永远,在你身边。

在他乡的土地上，偶尔也会想起他们给你的爱，踏实温暖，用脚踩也踩不烂的爱。他们陪着你路过阴雨艳阳，路过泥泞风尘，一路走来，他们就在你身边，像微风，像大地。

我们的距离

当老师把你的座位安排到我的后面时,我没有想到,这竟是我们之间缘分的开始。还记得,你对我说的第一句话是:"你好,借一下你的笔。"当我把笔递过去时,手伸过了一张书桌,于是这张小小的书桌,就是我们的距离。

　　我们之间没有别的,只有这张书桌。于是它的上面便留下了我们一起走过的痕迹,有一块黑斑,是你的墨水划过的路径;桌子边缘的几处凹痕,是你我讲话时桌椅间的摩擦和碰撞;桌上的几处笔迹,是上课时说话的轨迹……前头是我,后头是你。

　　后来,你的座位调走了,就像换了一趟车,我却不知道到底与我是否还是同一个终点。我拿起你落下的笔,侧过身递给你,笔跨过了一条过道。于是,这条窄窄的过道,就是我们的距离。

我们的距离变大了，可是你灿烂的笑脸，依然是那么清晰。于是过道接替了书桌，承载着我们的记忆。地上的一张纸片，是你我交谈的载体；旁边的一本本子，是你上课做的笔记；手边的一行字迹，是你写下的课题……左边是我，右边是你。

你我都没有发现，距离的增大，其实并不是那么无关紧要。我们的交谈就像刚学的一次函数，只是距离是自变量，但系数却是负数，于是交谈的次数随着距离的增加而减少，后面还要加上一个未知数，让距离时远时近。好在现代技术能缩短我们之间的距离，可是，盯着你黯淡的头像，我关了手机，刚发的一条消息抵达你的头像，这黯淡的头像，就是我们的距离。

这距离，看起来那么短小，实际上却是那么遥远。我即使有满腹的言语想对你倾诉，也只能看着那个黯淡的头像把话语独自吞下，我们每次的聊天仿佛有了时差，虽然同在一个城市，却好像在时间之河的两端，让我想起李之仪的《卜算子》："我住长江头，君住长江尾，日日思君不见

君,共饮长江水。"我知道这并不是你的过错,我

却因此有了时间,有时间去珍惜,去期待,去等

待,去回忆,去思念……我在线上,你在线下。

我们之间,只有这段距离,时远时近;我们之

间,又没有距离,依恋如昔。

我们之间，
只有这段距离，
时远时近；
我们之间，
又没有距离，
依恋如昔。

心静　修养　自觉

　　心如止水,方破风动幡动之辨;心无外物,方
知云卷云舒之美。一个繁杂的世界,需要一颗宁
静的心。借着心静的调养,修成正果,以达自觉。

　　时代的速度可进可退,一天的时间可快可
慢。你的习惯是由心发出的指令而达成,还是外

物挤压而屈服？不如选择前者,不受外物拘束,享受独处的自由,养成坚定的自觉。

　　当一个人夸夸其谈时,我们会面临两种简单的选择:是参与,或是聆听。是加入后的共乐还是细细的品味？选择前者,若不是意志坚定,你将失去自主的权利,失去主见,变得随波逐流,以至于消磨太多的时光。选择后者,我们可以在聆听中判断所听之物的真假好坏,锻炼听的能力,吸收精华,去其杂质。静静等待谈话的结束,再给对方一个满意的评价。这让他觉得你的在乎对他很重要,因而友谊之路渐固。

　　一个人的个性很难深入了解,只有在与他长久交往、接触中才会深知此友是善或损。我常见走在一起的同学,三三两两,成双成群,在沉默的深视中,却有热情的呵护。假设一方做出了文明的举动,另一方会记住这一瞬间,养成自觉的举动。静,没有对话;静,没有告诫。但心静的友谊与默契却成就了双方修养的自觉性。他们的小小一步似乎微不足道,但在别人眼中是善良的光辉。

　　修养的光辉更是无需提醒的自觉。课上专

注,课下飞舞。这是芸芸众生耳熟能详的规则。

但实际却并非如此,梦与远方的光辉殿堂需要坚

持宁静的本真,才能使人拥有打开成功的钥匙。

一次的放弃,一次的堕落,给心灵的屏障设置了

一道道等待突破的关卡。你若反其道而行之,以

活泼好动的心态接受教育的洗涤,以熟视无睹的

冷酷拒绝友人的邀请,你会感觉被排挤被无视。

不如先拒绝原来的自己,重新学习自觉的修养,

来达到心中的宁静。

心静,则以之养成自觉的习惯。坚守繁杂世界中的一块宁静之地,不受外物侵扰,寻找用于学习和生活的精神支撑,注视一个目标。学会自觉,会让生活有规律;学会自觉,会使人脉精粹,"去杂提纯";学会自觉,会迈向成功的道路。修养是你一个人的事,好与坏仅由自己承担。我们即将迈向成年的十八岁,开辟自己的一方新天地。我们会守住心中的宁静,不受外物所扰,成就修养,一个无需提醒的自觉!